LE SECRET

DE M. LE CURÉ

—

4e SÉRIE IN-12.

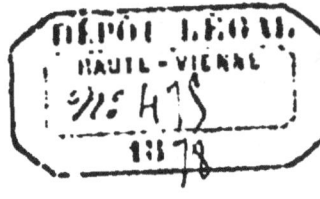

Il aperçoit un camp de Bohémiens. (p. 72.)

LE SECRET

DE M. LE CURÉ

ou

LES VERTIGES DE LA SCIENCE

PAR A. DRIOU.

LIMOGES

EUGÈNE ARDANT et Cⁱᵉ, ÉDITEURS.

LE SECRET

DE M. LE CURÉ.

Au temps où nous vivons, l'histoire
qu'on va lire serait peut-être invraisem-
blable. Il y a soixante ans, il en fut tout
autrement. Alors la population des campagnes était moindre : les bois et leur solitude, les montagnes et leurs déserts de-
meuraient des années entières sans visi-
teurs. Les croyances religieuses, et même
parfois la superstition, avaient une grande
influence sur le peuple. La police laissait

beaucoup à désirer, dans les provinces
surtout. Il était facile à un ami de l'isolement de rester caché en des lieux que ne
foulait presque jamais le pied d'un passant. A présent, les idées sont largement
ouvertes. Il serait difficile qu'un ascète se
confinât dans une Thébaïde quelconque,
sans y être immédiatement découvert et
attaqué. La vie d'ermite serait impossible.

Après ce court préambule, j'entre en
matière.

Non loin de Bussières-lès-Belmont, dans
le département de la Haute-Marne, et entre Champlitte et Jussey, dans celui de la
Haute-Saône, il est un modeste village du
nom de Pressigny.

Pourquoi ce nom de Pressigny émeut-il
donc mon cœur au point de le faire battre avec violence?... C'est que j'ai eu là,
dans ce petit village, un ami, un véritable
ami, et qu'il n'est plus, hélas!... S'il vivait

encore, que de fautes j'aurais certainement évitées, dans le cours de ma vie, en prenant conseil de sa raison !... Mais il est mort, ce pauvre ami, et je n'ai pas eu la consolation de pouvoir pleurer sur sa tombe !...

Certes, Pressigny n'a rien de curieux à montrer à un touriste. Assis dans une plaine fertile, à peine s'annonce-t-il à l'œil qui le cherche, par des toits de chaume qui, de même couleur que le sol, ne deviennent distincts que quand on lève le pied pour les franchir, comme des taupinières. Heureusement le clocher de son église se dresse au centre, et tout fier de ses ardoises, révèle que toutes ces taupinières sont des demeures de bons et de braves paysans.

Oui, bons et braves paysans, car ils s'occupent sans relâche de leurs sillons. Ils ne négligent pas non plus leur bétail. Mais le dimanche, on les voit tous à la messe, le matin ; et, le soir, après les vêpres, ils font volontiers leur partie de quilles, non loin des maisons, sous les arbres à fruits de leurs guérets, ou dans les landes voisines des bois de Savigny.

Savigny, Poinson, Genévrières, Charmes et Bourguignon, forment un chapelet de villages qui entourent Pressigny, et j'aime à citer leurs noms parce que j'y ai reçu quelquefois une si charmante hospitalité, qu'il m'est doux d'en témoigner ici ma reconnaissance.

Les grands bois de Savigny me plaisaient par leur calme et leur silence, certains jours; d'autres fois par le mugissement sourd, semblable au ressac de l'Océan, que lui imprimaient les vents déchaînés de la tourmente. Poinson me récréait par la naïveté de ses habitants, dont la nature primitive me donnait un ressouvenir du sol gaulois. Genévrières m'offrait un attrait spécial à cause de certaines peintures picaresques qu'exhibait son église, et que me vantait si fort un amateur du lieu, que j'en étais à douter si Ingres, Delaroche ou Delacroix n'en étaient pas les signataires. Charmes me délectait parce que je m'y étais fait une amie. C'était une pâle et mélancolique jeune fille qui aimait à s'entourer de fleurs des champs, rhododendrons, gentianes et myosotis. La première fois que je la vis, son médecin, me poussant du coude et me la montrant, m'avait dit tout bas :

— Dans un mois, elle sera morte...

A ce mot, je pris cet homme en haine, et la jeune fille en grande amitié. Chaque fois que je me trouvais en face d'elle, il me semblait voir une fleur morte et séparée de sa tige, au milieu des fleurs vivantes dont elle faisait des bouquets, et une compassisn suprême me serrait le cœur. De son côté, Ophélie, c'était son nom, s'attacha beaucoup à moi, et je puis dire que c'est grâce à notre affection mutuelle que bientôt la charmante enfant se rattacha à la vie, et vécut en effet, contre la prévision sinistre du docteur.

Quant à Bourguignon, situé à mi-côte d'une montagne passablement escarpée et qui se rattache à la chaîne des montagnes de la Côte-d'Or, j'y ai tant de fois rêvé en face de ses horizons, que ce serait pour moi un véritable bonheur de le revoir encore.

Il faut que vous sachiez comment de Paris j'étais venue fixer mon séjour à Pressigny.

Mon père avait peu d'amis, mais ceux qu'il s'était attachés lui étaient particulièrement dévoués. Dans un voyage en Champagne, il était entré en relation très intime avec un brave et digne horticulteur de Montier-en-Der, un savant élève de Le Nôtre, le royal jardinier. Faire l'éloge du père Génavillè ne servirait à rien ici : je dirai seulement que le ménage du brave homme était béni de Dieu. Il avait un fils qui était prêtre, et prêtre selon le cœur de Dieu. Le jeune abbé devint curé de Pres-signy, où ce fut grande joie de le voir ar-river, précédé d'une grande réputation de savoir, de sagesse et de vertu. Or, il ad-vint que je tombai malade. J'étais toute jeunette encore, et le médecin, consulté, or-donna que l'on me fît changer d'air, et que l'on m'envoyât dans le voisinage des mon-tagnes, en un lieu qui n'aurait pas de ri-vières, qui serait exposé au grand soleil du midi et bien garanti des vents du nord. Mon père songea aussitôt à Pressigny, qu'il avait visité avec son ami Génaville, et dont le site était exactement celui que prescrivait le médecin.

Je fus donc conduite et installée au presbytère, pour quelques mois, sans gou-vernante, et libre de toutes mes actions. Que la vie m'y fut douce! Jamais cœur plus noble, âme plus grande, esprit plus distingué ne se montrèrent à moi plus appréciables que le cœur, l'âme et l'esprit du bon curé de village. Simple dans ses goûts, vivant entre Dieu et ses paroissiens, entouré, seulement de sa vieille mère, de la fidèle Marie et de son chien *Tourbillon*, le jeune abbé faisait le temple du bonheur des salles enfumées de sa demeure champêtre. Pour moi, c'était une fête de tous les jours de jouir de ses entretiens, d'écouter les leçons de sa bouche et de le voir prier. J'y gagnais chaque fois un accroissement de connaissances, de nouveaux aperçus ingénieux, un plus vif amour de la vertu, et une volonté bien arrêtée de faire le bien.

Il m'avait été recommandé de faire le plus souvent possible de très longues promenades, et certes jamais recommandation ne fut mieux suivie, surtout du moment où j'eus fait la connaissance d'Ophélia. Tantôt j'allais passer quelques jours chez elle, à Charmes; tantôt elle venait s'établir près de moi, dans ma chambrette du presbytère. Alors, accompagnées du père Hutinet, qui dirigeait nos ânes bâtés à la mode du pays, et destinés à nous porter quand nous gagnerait la fatigue, aujourd'hui nous allions visiter la belle église gothique de Bussières-lès-Belmont; demain la croix du XIII° siècle qui se dresse en l'un des carrefours de Ouges; et puis ceci, et puis cela. Je vous laisse à penser si je connus bientôt le pays.

Le père Hutinet était un très bon homme, qui avant de vieillir dans les travaux des champs, avait couru le monde comme soldat, d'abord; puis, de soldat il était devenu caporal, et enfin sergent. Il ne manquait pas de jugement, il avait bonne mémoire, il était doué d'un certain esprit d'observation : c'est dire qu'ayant vu beaucoup de choses, il racontait volon-

tiers, sans se faire tirer l'oreille, et c'était
un plaisir de l'entendre. On le recherchait
aucoup dans les veillées d'hiver. Nous,
pendant cet été béni, nous lui fîmes dire
plus de choses qu'il n'en conta sans doute
pendant dix hivers. Il nous amusait au-
delà de tout, avec son langage naïf, ses
expressions originales, et son style pittoresque et truculent.

Eh bien ! ce n'étaient pas encore ses ré-
cits, que j'écoutais pourtant bien volontiers, ni les villages que je traversais dans
nos courses vagabondes, ni tout ce que
je voyais dans cette contrée nouvelle pour
moi, qui m'occupait l'imagination. Le croi-
riez-vous ? c'était une montagne nageant
dans l'éther bleu de l'horizon, à l'est de
Pressigny, qui affectait des formes fantastiques à faire rêver pendant des heures, et
qui ressemblait à un gigantesque promontoire surplombant l'océan de guérets qui
s'étalaient depuis sa base à des distances

incommensurables. Que j'allasse au nord,
au sud ou à l'ouest, mes yeux se portaient
toujours sur ce point. Je la cherchais cons-
tamment du regard comme une étoile po-
laire : elle m'attirait comme l'aimant attire
le fer. Son air mystérieux, son plateau
difficilement accessible, ses étranges figu-
res, souvent enveloppées de nuages, m'in-
triguaient à l'excès.

Etait-ce une illusion de mes sens ? je ne
saurais le dire : mais, quand le soir venait,
il me semblait y voir des cyclopes errer à
l'aventure sur ses flancs raboteux, des
nains danser des farandoles échevelées sur
ses pitons, des cavaliers ayant des ailes
galoper à fond de train sur ses crêtes ai-
guës, sur ses pics ébréchés. Je distinguais
sur son large cône tronqué d'effrayants
mastodontes sans tête, des béhémots a
plusieurs visages, des mammouths à trom-
pes gigantesques, des plésiosaures d'une
lieue de longueur, des éléphants à six

pieds, une foule d'êtres en un mot non
prévus par la zoologie. Et quand venaient
les rayons du soleil couchant se jouer dans
toute cette fantasmatie, je suivais avec un
intérêt sans égal les effets de la décrois-
sance de la lumière sur tout ce monde hu-
ché sur les épaules de mon géant, et les
transformations dont ma curieuse montagne était le théâtre. Cependant la nuit
commençait à s'amasser dans les profon-
deurs de la plaine, que déjà cette montagne
était encore éclairée d'une vive lumière.
Le soleil paraissait descendre visiblement
derrière les grands bois et l'ombre monter
sur les talus des collines et les flancs al-
pestres du géant, comme une marée ondu-
leuse. Bientôt il n'y avait plus que ces
aspérités du colosse qui semblaient for-
mer des îles lumineuses sur la mer de ténèbres qui envahissait la nature ; et enfin
elles étaient submergées à leur tour les
unes après les autres.

Aussi, l'imagination montée, l'esprit tendu par mes visions, que j'eusse volontiers gravi, escaladé, foulé aux pieds cette montagne! Mais figurez-vous que chaque fois qu'il m'arrivait d'interroger quelques paysans sur la montagne bleue, mes braves gens détournaient la tête, et évitaient de me répondre, tout comme s'ils eussent craint de se compromettre, ou s'ils avaient eu à craindre la punition d'une fée ou d'un magicien.

Ce que femme veut, Dieu le veut!... vous savez le proverbe.

Je jurai que je saurais ce qu'était la montagne en question, que je la toucherais, que je la verrais de près, que je la parcourrais, et qu'elle me livrerait ses secrets. La circonstance que je vais dire m'en fit la loi.

Un jour, une tempête furieuse nous surprit à notre retour de la promenade, à l'entrée du village, et la pluie se mit à

tomber avec tant de violence que, n'ayant pas le temps de gagner le presbytère, nous fûmes obligés de nous abriter sous le lavoir du village, que surmontait un large toit et que peuplait en ce moment bon nombre de lavandières. Jamais encore je ne m'étais arrêtée en cet endroit, et cependant il était fort curieux. C'était un tel commérage à l'entour du bassin rempli d'une eau savonneuse, c'était un tel caquetage sous le bonnet de toutes ces femmes, que, leurs battoirs aidant, à peine entendait-on les roulements de la foudre qui sillonnaient l'espace et retentissaient fort au loin dans la plaine et les bois. Je dois dire à l'éloge de ces femmes, du reste, qu'un éclair embrasait-il le ciel, aussitôt le silence de se faire comme par enchantement, les battoirs de s'arrêter et tous les bras de tracer le signe de la croix, saint usage quand on est menacé d'un danger. Mais tout après, le bruit des causeries re-

prenait avec un crescendo d'autant plus fu-
rieux, qu'il avait été contenu un moment.

Ces braves lavandières, au premier instant, m'examinèrent avec une certaine attention. J'entendis des chuchotements;
j'entrevis des sourires. Puis l'orchestre
féminin se livra plus que jamais à toute sa
fougue, sans scrupule, et sans nul souci à
mon endroit.

— Le camp des Païens est-il bien char-
gé? demanda l'une des femmes.

— Silence! fit une autre, on y a déjà vu
l'homme de feu trois fois...

— Si un bon coup de vent pouvait l'a-
battre, et si la montagne bleue pouvait
glisser et s'éparpiller dans la plaine, nous
serions à tout jamais quittes de ses mani-
gances et de ses sorcelleries... ajouta une
troisième commère...

— La montagne dont je vous parle
quelquefois s'appelle donc le camp des

Païens?... demandai-je au père Hulinet.

Le paysan ne me répondit pas, et fit une moue qui signifiait :

— Il vaut mieux lui laisser ignorer la chose, à cette jeune fille !... Elle serait dans le cas de vouloir m'y conduire...

— Il y a trois jours, on a encore trouvé le cadavre de deux loups jetés dans la mare, au pied de la montée ; c'est l'homme rouge qui les avait employés pour ses sortiléges... continua une lavandière.

— Sans compter qu'on trouverait bien d'autres *horreurs* dans le puits qui se trouve sur le plateau... ajouta une jeune fille.

— Et tout ce qu'on rencontre, le matin, sur le chemin des Romains, du grain semé, de la farine répandue, et bien d'autres choses... Qu'est-ce que c'est que tout cela ? sinon des ingrédients de magie... de ce maudit homme rouge... conclut une vieille matrone, en guise de péroraison.

Les lavandières entamèrent en effet un autre chapitre, car l'orage se calmait, et nous retournâmes au logis.

Plus que jamais la montagne bleue me trotta dans la tête.

J'ai oublié de vous dire que, plusieurs fois déjà, j'avais mis la question, avec monsieur le curé, sur le chapitre de la montagne. Mais il me savait curieuse, aimant avec passion les choses de la nature; recherchant la poésie des grands bois agités par le vent, les effets d'ombres et de lumière dans les plaines et sur les coteaux; écoutant, des heures entières, le murmure des ruisseaux sur leurs lits de mousse, les lamentations des cascatelles glissant sur le talus des roches, et contemplant les petites vagues des lacs s'agitant sur la grève de leurs bords. Et, comme il trouvait qu'il y avait danger à courir avec tant d'amour après les magnificences des levers de la lune, assise comme une

roine sur ses divans de nuages, le scintil-
lement des étoiles luciolant dans l'obscurité des nuits, les couchers de soleil s'effaçant peu à peu derrière les ruines, il évi-
tait de répondre sérieusement quand j'en-
tamais mes sujets de prédilection.

Pourtant, ce soir-là, au dessert, je posai
la conversation sur les anciens; c'était un
moyen d'arriver au camp des Païens. Le
digne abbé me sourit : j'en conclus que je
pouvais laisser tomber la grappe de questions qui me pendait aux lèvres.

— Toujours de la science, ma chère Camille, me dit-il. Vous aimez donc bien
mordre à l'arbre du bien ! Vous êtes vrai-
ment fort excentrique dans vos goûts, fort
au-dessus de votre âge et de votre sexe.
Enfin, vous savez si bien vous y prendre,
qu'il faut parler...

Là-dessus, je l'attirai sur le terrain des
ruines laissées par les Romains dans no-

tre vieille Gaule, et notamment sur le campement de leurs armées.

Cela fut-il une illusion, ou la chose eut-
elle lieu réellement, je ne saurais le dire,
mais il me sembla que l'abbé Génaville se
prit à rougir à ce mot de : campement des
Romains...

Néanmoins, il me répondit, tout comme
s'il avait eu affaire à un docteur des quatre facultés :

— La nécessité de mettre les soldats à
l'abri d'une attaque inopinée fit naître
chez les Romains l'usage de préparer,
pour chaque nuit, un camp dont la force et
la commodité dépendaient des circonstances et du temps plus ou moins long que
l'armée devait l'habiter. Généralement ces
camps étaient assis sur des points élevés,
ou appuyés d'un côté sur une rivière, ou
entourés de vallées profondes qui lui ser-
vaient de fortifications naturelles.

— C'est bien cela... m'écriai-je involontairement.

— Quoi, cela? demanda le curé.

Je rougis à mon tour, et ne répondis pas...

— S'il était quelque côté inaccessible par sa pente, continua-t-il, on n'y faisait aucun travail. Sur les autres flancs, on élevait des retranchements défendus par un fossé, avec des terrassements en dos d'âne. La forme quadrangulaire était celle que les généraux romains préféraient, et les lignes qui la bordaient, entourées d'un fossé de neuf pieds de profondeur, sur douze de largeur, étaient revêtues d'un parapet, *vallum*, haut de trois à quatre pieds, et fortifiées d'un terrassement en dos d'âne, dont je parle.

Le camp des Romains avait quatre portes :

Celle qui regardait l'ennemi s'appelait *Prætoria* ou *Extraordinaria;*

Decumana ou *Censoria*, celle qui lui était opposée.

On nommait *Principalis Dextræ* et *Principalis Sinistræ*, la porte de droite et la porte de gauche, celles placées aux deux extrémités d'une rue longitudinale, qui divisait le camp en deux, juste dans le milieu, entre la porte Prætoria et la porte Decumana.

Cette rue, dont la largeur était de quatre mètres, servait de marché, et se nommait *Via Principia*.

La rue qui allait de la porte Prætoria à la porte Decumana, était appelée *Quintana*.

Le quartier général, les tentes des officiers et de la garde du chef de l'expédition, étaient placées à la suite de la porte Prætoria.

Dans l'autre partie, séparée par la Via Principia, se trouvaient les tentes des soldats.

2

La tente du général était surmontée de l'aigle romaine, et on y faisait flotter l'étendard de pourpre, quand on allait livrer bataille. Cette tente était vaste et commode : on l'ornait de parquets portatifs, de peaux de bêtes fauves, d'armes, de richesses prises à l'ennemi. Les tentes des officiers étaient disposées avec une certaine élégance.

Les tentes des soldats pouvaient contenir dix hommes et un officier, *decanus*. Suivant le temps, les saisons et les circonstances, elles étaient recouvertes de peaux, de planches, de joncs ou de paille.

Un intervalle de quatre-vingts mètres entre les tentes et le retranchement était toujours réservé pour les exercices militaires, les manœuvres, les revues, etc., et aussi pour y faire ranger les soldats avant de se mettre en marche. Or, cette immense ceinture du camp, les rues, et le sol occupé par les tentes, étaient enduits d'un certain ciment qui rendait le terrain ferme et solide, et tenait lieu de pavage.

—Eh bien ! comme les Romains ont mis plusieurs années à faire la conquête des Gaules, ils ont dû laisser nombre de leurs campements dans les diverses contrées de notre patrie ?... demandai-je au curé, à brûle-pourpoint, convaincue que, dans le feu de la description, il allait me citer le camp des Païens, de la montagne bleue.

Mais le brave homme était sur ses gardes, assurément, car au lieu de donner dans le piége, il me répondit, avec une nouvelle mais imperceptible rougeur :

— Oui, on compte, en France, un assez bon nombre de camps romains.

Le plus fameux de tous est celui de Suippe, dans la Champagne, non loin de l'endroit où fut livrée la bataille des plaines catalauniques contre Attila, qui, s'é-

tant servi de ce camp tout fait, lui a laissé
son nom, camp d'Attila.

Je vous signale ensuite celui de l'Etoile,
sur la Somme, au-dessous de Péquigny,
dont il est parlé dans les *Commentaires de
César*.

Il en est un autre, à Wissan, entre Ca-
lais et Boulogne-sur-Mer, placé sur une
éminence...

— Ah! celui de Wissan est aussi sur
une éminence? m'écriai-je.

Autre rougeur du curé, qui, sans relever
mon *aussi*, continua :

— Par sa conformité de structure et de
position avec le camp romain de l'Etoile, le
camp de Wissan fait présumer qu'il fut
établi vers la même époque. Ces deux
campements ont la forme ovale, comman-
dent les campagnes voisines et n'ont
qu'une seule entrée.

Dans notre Champagne encore, à Louze,
près de Montier-en-Der, on montre un au-

tre camp romain, tracé selon les règles que j'ai dites, et la route qui y conduit, pavée encore de pierres polygonales selon l'usage des anciens, porte de nos jours, comme autrefois, le nom de *chemin des Romains*.

Non loin de Soissons, dans l'Aisne; sur les hauteurs d'une montagne, entre Tarbes et Bagnères-de-Bigorre, le camp de César; à Alise, dans la Bourgogne, il est aussi des traces évidentes de camps romains.

Voilà, ma chère Camille, ce que je puis vous donner de renseignements sur l'antique castramétation des Romains dans notre vieille Gaule, fit, en terminant, le bon curé de Pressigny; et de crainte d'une nouvelle question, il leva soudain le siége, prit son bréviaire et s'enfonça dans l'allée sombre de son jardin.

Pour moi, je restai accoudée sur la table, comprenant que l'abbé Génaville avait

un secret à l'endroit du camp romain de
Pressigny, dont il s'obstinait à cacher
l'existence, et que redoutaient si fort les
gens du pays, à cause de l'homme de feu,
de l'homme rouge, du sorcier, disaient-ils,
autre mystère singulier que je tenais à
honneur d'éclaircir et de connaître...

Dès lors je méditai, dans le secret de
mon âme, de m'échapper un jour du presbytère, de me passer de la conduite du
père Hutinet, qui mettrait peut-être obsta-
cle à mes projets, de ne pas engager Ophélie à m'accompagner, et, seule, de gagner
la montagne, dont je trouverais certainement le chemin, attendu qu'elle se dressait assez haut dans la plaine, comme un
promontoire escarpé sur la mer, pour que
je pusse aller droit à elle.

Un soir, j'apprends que monsieur le curé
doit se rendre, le lendemain, à Langres,
pour la prise d'habit, dans le couvent des
Annonciades, d'une jeune fille de sa pa-

roisse. Mes plans sont dressés à l'instant
même. Afin de mettre le bon droit de mon
côté, je rends visite au père Hutinet, dont
la pauvre femme venait de mourir, il y
avait cinq jours, pressentant qu'à raison de
sa perte trop récente le bon homme ne
pourrait pas me suivre, mais me prêterait
son âne. Je le trouvai avec le médecin qui
avait soigné la défunte, et ils causaient
avec feu.

Il paraît que la première fois que le docteur avait été appelé, le père Hutinet lui
avait dit, en voyant une certaine hésitation
chez le médecin, qui craignait sans doute
de ne pas être payé, Hutinet n'étant pas
riche :

— Oh ! mon bon Monsieur, j'ai là cinq
beaux louis d'or, et que vous *tuiez* ou que
vous *guérissiez* ma chère femme, le magot
est à vous...

La mère Hutinet morte, après quelques

jours laissés à la douleur, le médecin se
présentait pour réclamer les cent francs.

— Docteur, dit le pauvre affligé, au
moment où j'entrais chez lui et m'asseyais
pour attendre, me voilà tout prêt à tenir
ma promesse. Permettez-moi seulement
deux petites questions, en présence de
cette jolie Parisienne :

— Avez-vous *tué* ma femme ?

— Certainement non... fit le médecin
avec un geste superbe.

— Tant mieux ! Je serais désespéré de
vous accuser de sa mort... L'avez-vous
guérie ?

— Malheureusement non... répondit le
docteur.

— Il n'est que trop vrai encore, n'est-ce
pas ? Or, si, comme vous en convenez,
vous ne l'avez ni tuée ni guérie, vous êtes
hors des termes de la convention faite entre nous, et vous n'avez rien à me deman-
der...

Qui fut sot? Je vous laisse à le penser.

Le père Hutinet était de cette force : jugez si je vous ai dit vrai en vous le présentant comme un malin. Les Champenois sont de pareille mesure.

Comme je l'avais prévu, le compagnon ordinaire de mes promenades ne pouvait sortir encore, il était si chagrin!... Mais *Manon* était à ma disposition. C'était la bête la plus paisible et la plus douce ; avec elle, je n'avais à craindre ni emportements, ni ruades, ni folies d'aucune sorte. Il fut convenu qu'elle serait à la porte du presbytère à cinq heures du matin. Le curé partait à quatre.

La journée devait être belle, car la soirée se montra radieuse et la nuit éblouissante d'étoiles. Je ne dormi~ pas plus de six heures.

J'entendis les apprêts du départ de monsieur le curé, puis le départ lui-même.

Une fois le bon abbé en route, je me le-

vai moi-même. Une robe très légère, à
raies bleues et blanches, de fines bottines
solidement lacées, un chapeau de paille à
longs rubans roses flottants, une ombrelle
de soie verte et à manche d'ivoire sculpté,
quelques fruits dans mes poches en compagnie d'un livre traitant des usages de
l'antiquité, telle fut ma toilette et telles furent mes provisions de voyage.

A cinq heures précises j'étais en selle,
et Manon suivait la rue principale du village.

J'avais dit à Marie, la *bonne* par excel-
lence, que je ferais une longue tournée, et
que peut-être j'irais dîner avec Ophélie,
dont la maison de campagne n'était pas du
reste très éloignée, en effet.

Je fus bientôt hors du village, trottinant
sur un large chemin vert, bordé de peupliers, dans la direction de Bourguignon, près duquel je devais trouver la voie
romaine, jadis foulée par le pied de Jules

César, et conduisant droit au camp des Romains, assis sur le plateau de la montagne bleue.

On était aux premiers jours de l'automne, et la nature était encore plongée dans la nuit; mais cette nuit, d'une pureté merveilleuse, me promettait un lever de soleil splendide. En effet, après quelques minutes d'attente, une longue ligne pourprée s'étendit à l'orient; et en même temps, au midi, je commençai à distinguer la grande chaîne des montagnes de la Côte-d'Or, comme une découpure d'argent sur le ciel bleu encore quelque peu étoilé, tandis que, au couchant et au nord, l'œil se perdait dans le brouillard. Cependant, quoique le soleil ne parût pas encore, les ténèbres se dissipaient, la ligne pourprée de l'orient devenait couleur de feu, les cimes de la chaîne des montagnes de la Côte-d'Or étincelaient des premiers rayons de l'astre du jour, et la brume s'é-

vaporant, se dispersait dans le ciel en lé-
gers flocons de nuages teintés de rose.
Enfin, après dix minutes de crépuscule,
pendant lesquelles la lumière et l'obscurité
luttèrent ensemble, l'orient sembla rouler
des flots d'or, les hautes montagnes se
couvrirent d'une nuance orange, et les
nuages se fondirent dans l'espace. Ce fut
alors que le soleil se leva derrière la montagne bleue, assez pâle d'abord pour que
je pusse fixer les yeux sur lui; mais presque aussitôt, comme un roi qui conquiert
son empire, il reprit son manteau de flamme et le secoua sur le monde, qui s'anima
de sa vie et s'illumina de sa splendeur.

J'étais à peine engagée dans une rue de
Bourguignon, où je pris l'antique voie romaine, que les gens du village, comme les
paysans que j'avais déjà rencontrés, me
regardèrent d'un œil curieux et narquois.
Certaines femmes surtout mirent une
étrange persistance à me considérer, et

j'en fus contrariée au point que je craignis d'avoir subi quelque accident de toilette, dont je ne m'apercevais pas. Mais, au fait, puisque je vous parle ici de ma personne, pourquoi ne ferais-je pas mon portrait? Il est assez ordinaire que l'on désire connaître la personne qui nous parle, et quoique je sois sans la moindre importance, puisqu'il a tant plu aux rustiques beautés de Bourguignon de m'étudier avec tant de scrupule, soyez juges dans ma cause, lecteurs, et recevez, comme gage de courtoisie, le portrait ci-joint, comme vous accueilleriez ma photographie, ce qui est fort à la mode de nos jours.

Je suis d'une moyenne grandeur; ma taille est fine, mes formes délicates, mes épaules s'attachent assez convenablement à mon cou, et ma tête présente une de ces physionomies heureuses dont on ne dit ni bien ni mal. Ce qui me distingue le plus, c'est une opulente chevelure. Mes cheveux sont de cette nuance chaude que de notre temps on nomme *impératrice,* et qui fait bien des envieuses. J'ai le front haut, les yeux bleus, la bouche moyenne, les dents irréprochables, la peau blanche d'une Parisienne, légèrement rosée par la vie des champs, la main petite et effilée, le pied passablement mignon. Les gens auxquels je suis indifférente trouvent que j'ai certains airs de tête et de démarche rappelant Marie-Antoinette, je suppose que c'est de très loin. Ceux qui m'affectionnent prétendent qu'il y a en moi une grâce mêlée de dignité. Vous savez comme les amis sont indulgents! Notez que c'est d'après les autres que j'ose me peindre de la sorte. Mais de mon portrait moral, c'est-à-dire de mon âme, de mon cœur, de mon esprit, ce que je puis vous confier en toute vérité, c'est que j'ai l'âme tendre et pourtant peu facile à m'attacher sans un grand examen et sans de nombreuses épreuves ; que mon

cœur est bon, porté à l'indulgence, et tellement charitable que je ne puis voir souf-
frir les animaux et encore moins mes sem-
blables, et qu'il m'est impossible de conserver de la rancune contre ceux même
qui me font du mal ou en disent de moi.
Quant à mon esprit, à mon jugement, à
mes défauts ou à mes qualités, c'est à vous
à prononcer, puisque je m'entretiens avec
vous, et que c'est, dit-on, dans les causeries que l'homme se révèle, et la femme
aussi, j'magine...

Maintenant que vous me connaissez,
continuons ensemble notre voyage. Seulement, permettez-moi de vous dire encore
que, toute réflexion faite, et un peu par in-
dépendance de caractère, je laisse très
philosophiquement les manants de Bourguignon à leur attitude quelque peu offen-
sante pour moi.

Bon! voilà que j'ai le mot de l'énigme...
Une vieille femme, en passant sa tête par

sa fenêtre, dit à une jeune qui balaie le devant de sa porte :

— Que va-t-elle donc faire de ce côté, la fillette?....

On s'étonne que je me dirige vers le camp des Païens, où, comme à Pressigny, on connaît aussi l'homme rouge, sans doute, et alors on craint pour moi les maléfices du terrible sorcier...

Cependant je voyais déjà la montagne surplombant la plaine, non plus dans la brume bleuâtre du lointain qui lui a fait donner son nom, mais comme si j'allais l'atteindre dans un quart d'heure.

— Combien faut-il marcher encore pour arriver à cette montagne? dis-je résolûment à un paysan qui fauchait de la luzerne.

— Eh ! fit-il en se redressant pour s'appuyer sur sa faux, maintenant que vous atteignez le chemin des Romains, si vous allez d'un bon pas, il vous faut encore une heure... Vous allez donc au camp des Païens, mam'zelle? Alors, prenez garde à vous!... reprit le bonhomme, en se remet tant au travail...

— La voie romaine! le camp des Païens! prenez garde à vous! murmurai-je en poussant Manon au galop, voilà de quoi non pas m'effrayer, mais me faire désirer des ailes...

Je me trouvais en effet sur une large voie pavée de polygones de pierre irréguliers, qui avaient un cachet d'antiquité à me ravir d'aise.

Me voici donc sur une route qu'a foulée le pied de géant du grand peuple romain! me dis-je à moi-même. Ici sont passées des légions de Rome! Peut-être César a-t-il passé là... De toute cette puissance d'un immense empire, que reste-t-il maintenant, hélas! A peine une légère fumée... Mais toute légère qu'elle soit, elle assombrit les idées de ce pauvre peuple de France, au point qu'il a peur de ce théâtre de la gloire passée, évanouie, de la majestueuse maîtresse du monde, et qu'il croit voir des spectres, des magiciens, là où elle a brillé de tout son éclat...

Le chemin de caillasse que je quittais, établi pour le service de la plaine, semblait très fréquenté. La voie romaine, qui gravissait les talus de la montagne, elle, paraissait vierge de toute empreinte de pas, de tout charroi, de toute trace de voiture, de fraîche date au moins. On voyait que le pied de l'homme n'osait plus franchir le chemin suivi jadis par des phalanges et des escadrons de héros. Néanmoins, pas une herbe, pas une plante parasite, pas une ronce ne se montrait sur cette voie, tant le pavé en avait été bien assis, et jointoyé, tant le ciment sur lequel il était couché était imperméable.

Un bois malingre, clair-semé, planté depuis longtemps sur ce sol ingrat, croissait depuis la base de la montagne jusqu'à son sommet. Çà et là quelques roches grises perçaient les taillis de leurs fronts chauves. A peine quelques oiseaux chantaient dans cette solitude d'où l'homme avait fui. Le calme le plus complet, le silence le plus absolu, couvraient les bois et la montagne.

Vous dirai-je que, plus j'approchais du plateau qui couronnait cette montagne, et qui était sans doute le camp lui-même, plus mon cœur battait. Mais ce n'était pas de terreur, croyez-le ! J'étais émue de voir enfin le lieu précis où avait séjourné un peuple illustre entre tous, et d'y retrouver des traces de son passage. Aussi je pressais ma monture qui, du reste, semblait partager mon ardeur.

Cette ardeur, cette curiosité dans une jeune fille vous étonne peut-être ? J'espère que non. Ardeur de voir, curiosité de connaître, n'ont rien qui puisse surprendre

dans une nature douée par Dieu du feu
sacré, intelligente et studieuse, nourrie de
savantes lectures, et inspirée par de sages
maîtres. Que de jouissances, inconnues au
profane vulgaire, donnent et une éducation suivie et l'instruction acquise de bonne
heure! Et puis, en-dehors de tout savoir,
je sentais en moi un instinct profond,
inné, chaque jour se développant, pour
étudier, juger, approfondir et scruter tous
les arcanes. Cela était indépendant de ma
volonté : ma disposition d'esprit l'exigeait.
Ne voit-on pas des enfants de huit, dix et
douze ans, être déjà de très habiles pia-
nistes, juger et comprendre la musique en
maîtres de l'art, par suite du sentiment
exquis que Dieu a mis en eux? Sixte
Quint, gardant ses brebis à l'âge de neuf
ans, n'était-il pas déjà un génie, et ses
yeux ne trahissaient-ils pas dès lors le
volcan qui ferait un jour irruption? Vito
Mangiamelle n'était-il pas un mathémati-

cien consommé dès l'âge le plus tendre ?
Enfant, Rubens ne dessinait-il pas avec
une prodigieuse finesse d'esprit et de goût
les sujets les moins en harmonie avec son
âge ? Pour moi, sans nulle comparaison
d'ailleurs, sans être appelée à rien pro-
duire, je trouvais en mes facultés une
étrange aptitude à saisir, à comprendre,
à analyser le beau, le grand, le sublime,
et je jouissais de tableaux, de souvenirs,
d'aspects, de sentiments indéfinissables, de
sorte que là où une foule de gens ne
voyaient rien, je trouvais des horizons ma-
giques, une poésie ravissante et le sujet
de rêveries extatiques.

J'atteignis enfin le plateau, vaste, immense, grandiose, que tout d'abord j'em-
brassai d'un large coup d'œil. Je livrai
Manon aux charmes du repos et du festin
parmi de rares bouquets de mauves et de
lavandes, car, assise, j'étais mal à l'aise.
Les nerfs commençaient à s'agiter, il me

fallait du mouvement sur cette scène historique qui me donnait à respirer le même air qu'avaient respiré des poitrines romaines.

De spectre, de magicien, d'homme rouge, pas la moindre apparence! D'ailleurs j'étais loin d'en avoir souci et d'y penser...

Mon premier besoin fut de contempler l'horizon. Croyez-moi; j'en ai peu vu d'aussi merveilleux, d'aussi magnifique que celui qui se développait à mes regards.

La journée était des plus belles : le ciel était bleu, la terre verte, le soleil d'or, et tout brillait dans la nature. Au loin, je découvrais, comme dans un mirage oriental, les tours, les clochers, les coupoles et les remparts dentelés de la ville de Langres, la cité de notre France la plus élevée au-dessus du niveau de la mer, nageant dans l'éther. Au loin toujours, vers

le sud, les hautes chaînes de la Côte-d'Or
dessinaient en cordons fantastiques les
profils et les cimes de leurs contreforts.
Plus près, Pressigny, et vingt autres vil.
lages de la plaine m'apparaissaient comme
des nids de sarcelles ponctuant l'immen-
sité du sol.

Puis mon attention se porta sur le camp
dont je franchissais l'enceinte. J'y péné-
trai comme dans un sanctuaire antique,
avec un frémissement de recueillement et
de vénération.

Ce qui me frappa à première vue fut
l'enceinte ovale, très nettement dessinée,
et ayant pour fossé... le vide, c'est-à-dire
la pente abrupte, presque à pic, de la montagne. Etait-il besoin d'un fossé, quand
un tel escarpement en tenait lieu ? Il semblait que Dieu eût taillé tout exprès ce
soulèvement gigantesque du sol pour en
faire la base du campement romain.

La montagne cependant se rattachait

par un point, vers le sud, aux ramifications de la chaîne de la Côte-d'Or.

De quelle aptitude des Romains étaient doués pour choisir l'emplacement de leurs camps ! De celui-ci, leurs vedettes dominaient la plaine à l'infini, et rien de ce qui passait à dix lieues à la ronde ne pouvait leur échapper. On peut dire qu'ils tenaient dans la main toute cette immense contrée : qui donc eût osé les attaquer ou chercher à leur nuire dans ce nid d'aigle qu'ils s'étaient fait? Aussi, quand je sus plus tard que Pressigny doit son nom à l'étymologie latine de *Præ Signa,* postes mis en avant, je trouvai que nulle appellation n'eût été plus juste.

Vers le sud, cependant, la montagne se rattachait par un point aux ramifications de la chaîne des monts de la Haute-Saône; mais c'était une simple suture, et comme une chaussée créée par la nature pour mettre le plateau en communication avec

la chaîne et emporter son isolement absolu.

L'enceinte ovale qui entourait le camp,
comme une esplanade de quatre-vingts
mètres de large, réservée pour faire exer-
cer les soldats aux manœuvres ou les dis-
poser pour les revues, ainsi que les longues rues du campement et les entourages
des tentes, ayant été enduites d'un ciment
blanchâtre qui avait pour but de rempla-
cer le pavage et de rendre le terrain imperméable aux pluies, il en résultait que
toute la surface du plateau offrait des com-
partiments blancs fort distincts à l'œil,
reproduisant le plan du camp avec une
exactitude mathématique. Or, la main
d'un spéculateur ayant cherché, je ne sais
à quelle époque, à utiliser cet antique campement en y plantant du bois, il était ad-
venu que ce bois, maladif, rabougri,
resté nain, verdissait quelque peu dans
toutes le parties du plateau qui avaient été

occupées par les tentes et non enduites
de ciment. Au contraire, l'enceinte, les
rues et les carrefours ayant reçu une cou-
che épaisse de ciment, il avait rendu le sol
tellement stérile que jamais plante, herbe
ou mousse n'y avait végété. Aussi, après
des siècles d'abandon, le camp tout entier,
dans ses moindres détails, se trouvait des-
siné à perpétuité, et, comme sur une carte,
on pouvait en suivre et en étudier toutes
les positions.

Je me mis donc à le parcourir, et, mon
livre des antiquités à la main, je retrou-
vai, une à une, les portes *Prætoria* et *De-*
cumane, *Principalis Dextræ* et *Principalis*
Sinistræ, la *Via Principia* et la *Via Quin-*
tana : c'était une merveille de précision,
de vérité, de réalité! Les Romains seuls
manquaient : mais mon imagination re-
dressait les tentes; elle me faisait revoir
le *Prætorium* ou tente de l'*Imperator*, surmontée de l'aigle de bronze ou de l'éten-

dard de pourpre. Je revoyais ainsi chaque
demeure de ces infatigables guerriers; je
m'arrêtais où ils avaient reposé; je m'asseyais où ils s'étaient assis; je marchais
où ils avaient posé leurs pieds. Il me semblait que j'allais entendre la trompette, et
je prêtais l'oreille aux échos perdus des
fanfares de leurs *tubæ*, de leurs *buccinæ*,
de leurs *tibicines*. Mais la brise soufflant
dans le feuillage déjà couvert de la rouille
d'automne, répondait à mon attente. Hélas ! combien de mes héros dormaient sous
le sol que je foulais aux pieds!

C'est ainsi que je songeais, allant, venant,
reconstituant les choses, effaçant les inter-
valles pour rappeler les âges évanouis...
Plus rien de tous ces consuls, de ces pré-
teurs, de ces questeurs, de ces officiers, de
ces soldats, en trabées, en toges, en an-
gusticlaves, en laticlaves, en paiudamen-
tum, plus rien de cette grande Rome!...
C'est ainsi que, un jour à venir, on cher-

chéra notre passage là où nous aurons
vécu... Telle est la vie, une succession
toujours nouvelle de générations et d'évé-
nements, puis l'éclipse, la disparition, la
mort et l'oubli...

Non loin du centre du camp, au premier
tiers à peu près de la rue *Principia* qui
servait aussi de marché, je faillis faire
comme l'astrologue du bon La Fontaine, et
tomber en un puits, pour ne pas regarder
à mes pieds et trop promener mes yeux à
l'entour de moi. Oui, un puits, un vrai
puits, un puits sans margelle, mais un
puits rond, large et d'une profondeur!
Pour trouver l'eau nécessaire au camp, il
avait fallu creuser toute la hauteur de la
montagne, jusqu'au niveau de la plaine, et
même plus bas encore... Quelle chute!
Heureusement je m'attachai au sol tant et
si fort que je ne roulai pas dans l'abîme...
D'ailleurs, pour vous rassurer, aimables
lecteurs, je vous dirai que ce puits n'offre

plus de profondeur qu'une certaine excavation, en forme d'entonnoir. Aussi, revenue de mon premier effroi, je sautai de moi-même dans le cratère creusé par les Romains et rempli par le bras du temps, et je cherchai bien dans les décombres si je ne trouverais pas quelques *as*, quelques *sesterces*, quelque monnaie, quelques médailles perdues par messieurs les vainqueurs des Gaulois, nos pères. A leur défaut, je mis dans ma poche une pierre assez bizarre, qui me rappelle souvent mon ascension au camp des Païens. Elle se trouve en nombreuse compagnie, car, comme depuis cette époque j'ai beaucoup voyagé, je lui ai donné tout un musée de curiosités rapportées du volcan du Vésuve, des bords du Tibre, des ruines d'Herculanum et de Pompéïa, des mines de Bex, où je suis descendue dans les entrailles de la terre à une profondeur de mille pieds, des glaciers du Mont-Blanc, des solfatares de la Sicile, etc.

Cependant, entraînée par ma curiosité vagabonde, je n'avais pas remarqué que le soleil descendait rapidement derrière le plateau de Langres, dont les bastions, l'avenue de sycomores conduisant à Blanche-Fontaine, et les hautes tours de sa cathédrale, s'estompaient en noir sur un fond d'or et de pourpre. Ainsi, sans m'en douter, sans m'en apercevoir, j'avais passé là tout un jour. A peine avais-je mangé une de ces pommes dont on fait si grand crime à notre mère Eve!

Déjà, Manon qui broutait, je ne sais où, les maigres pousses desséchées du bois nain, m'avait prévenue par un braiement sonore que le soir venait : mais je l'avais à peine remarqué, tant j'étais absorbée. Il fallut que les magnificences de l'horizon mis en feu par le soleil me rappelassent que j'avais à m'occuper du retour. Je cherchai donc ma bête, je l'appelai, mais je ne la trouvai pas.

Évidemment la pauvre Manon, ainsi oubliée, ne pouvait être ni au nord, ni à l'est, ni à l'ouest du camp, la muraille se terminant en muraille à pic, comme une falaise, sur tous ces points. Elle avait donc dû s'écarter vers le sud, où j'ai signalé une suture rattachant le plateau à la chaîne des monts de la Haute-Saône, et elle y était allée sans doute en quête d'une provende moins brûlée par l'aridité. Je me dirigeai donc de ce côté. Là, en effet, le bois était un peu vert et plus épais : les arbres y poussaient en riche végétation et ombrageaient de beaux herbages de leurs ramures verdoyantes. Manon, sensible à ces dons de la nature, avait dû chercher fortune en cet Eden. Mais de Manon nulle trace... Je m'arrêtai, un peu inquiète, confuse, je l'avoue, en me disant :

— Camille ! Camille, ma bonne amie ! l'amour de voir et de connaître vous a mise en une galère bien digne de celle de notre grand Molière !...

Soudain... Oh! il y a longtemps de cela, et cependant j'en frissonne encore, au simple souvenir, d'épouvante et d'horreur... Soudain, j'entendis parler dans un pli de terrain qui descendait en forme de vallon, à quelques pas devant moi, sous de vieux arbres séculaires qui formaient un épais et impénétrable massif. Parler en ce lieu, en ce lieu maudit, où, à dix lieues à la ronde, personne n'eût osé venir chercher cent bourses pleines d'or, tant une terreur superstitieuse en tenait éloignés les trop timides voisins, en ce camp des Païens où le diable devait résider, sur cette montagne bleue d'où un homme de feu se montrait dans les nuages !...

Je n'eus pas peur, je l'affirme; mais je prêtai l'oreille, tout en m'avançant sur la pointe du pied et en cherchant à voir les hôtes mystérieux que pouvait renfermer ce massif d'arbres millénaires.

Grand Dieu ! que vois-je tout-à-coup?...

Oh ! je l'avoue, mon corps se rejette en arrière, mon cœur bat à rompre ma poitrine, la pâleur envahit mes joues, je tremble sur mes jambes, et je cherche à reculer pour m'enfuir... Mais mes pieds restent fixés sur le sol...

J'ai, en face de moi, l'homme rouge, le terrible homme rouge !...

Je ne plaisante pas, je ne prétends pas m'amuser un seul moment de votre propre frayeur pour moi, lecteurs : en toute vérité, j'ai devant moi un homme grand, fort, musculeux, vêtu d'une longue robe rouge, serrée à la taille par un cordon rouge, et coiffé d'une sorte de béret, de toque ou de bonnet rouge. Des cheveux blancs flottent sur ses épaules, et sur sa poitrine descend par étages une luxuriante barbe tout aussi blanche. Un énorme chien, soit de Terre-Neuve, soit des Pyrénées, le précède d'un pas grave et majestueux, agitant sa queue en l'honneur de ceux qui, cachés par les

arbres, dont les branches échevelées et
que jamais n'émonda la hache du bûche-
ion, tombent fort bas, font sans doute so-
ciété à son maître.

_Cependant je recouvre assez rapidement
mon sang-froid. En effet, cet homme
rouge n'est pas un homme de feu, comme
on le raconte, d'abord ; ensuite il est encore moins maître Satan échappé aux four-
naises de l'enfer; enfin, ce n'est qu'un
homme ordinaire, dont le visage est même
fort sympathique. J'ai donc tout lieu de
me rassurer.

Mais il est dit que ma surprise sera
suivie d'une stupéfaction plus grande encore.

Voici que le mystérieux personnage dis-
paraît sous les belles ramures des chênes
antiques, rit aux éclats et parle à haute
voix avec ses interlocuteurs. J'entends
même prononcer les noms de Paris, de
Pressigny, de Laugres, etc.; sans toute-

fois pouvoir coudre les lambeaux de la conversation qui parviennent jusqu'à mon oreille. Mais au moment où me recueillant pour mieux ouïr et m'approchant avec la précaution d'un Mohican des Prairies pour mieux voir, je cherche à percer des yeux le feuillage, sortent de l'épaisse fourrure du bois l'homme rouge et son chien, mais aussi... l'abbé Génaville et... le père Hutinet, venant... dans ma direction.

L'abbé Génaville et le père Hutinet !... L'un parti pour Langres, afin d'y assister à la prise d'habit d'une jeune fille de sa paroisse, l'autre retenu dans sa chaumière par les convenances qu'impose la mort récente de sa femme !...

Cette fois un pareil mystère me confond, et c'est en vain que je cherche le mot de l'énigme, tout en essayant de m'effacer derrière un buisson.

Tout-à-coup, — pardonnez-moi ces « subitement, ces tout-à-coup, etc., » mais je suis obligée d'y avoir recours pour peindre les transformations rapides et les phases de mon aventure, — donc tout-à-coup, à deux pas de moi, un braiement sonore se fait entendre, retentissant dans le bois et sur le plateau, répété par les échos d'alentour.

— Manon ici, dans le camp des Païens! s'écrie le père Hutinet, qui reconnaît son âne aux accents de sa voix, qui lui sont familiers, et qui demeure interdit, et devenant blanc comme Pierrot enfariné.

— Manon!... C'est votre Manon qui chante ainsi, père Hutinet?... Alors mademoiselle Camille ne doit pas être loin... répond le curé, pâlissant à son tour et immobile comme la statue de l'étonnement.

— Il n'y a que cette jeune fille pour oser braver ainsi la terreur qu'inspire ce lieu... ajoute le pasteur, en se parlant à lui-même.

Le dialogue est à peine achevé que la

bête apparaît en effet, et comme preuve du plaisir qu'elle ressent en voyant son maître et le curé, elle vient faire autour d'eux des gambades dégagées et exécuter des voltiges de haute école.

En même temps, le superbe chien, ayant sans doute deviné ma présence par le flair, vient en frétillant droit à moi, au travers des broussailles derrière lesquelles je me dissimule, et m'adresse toutes les caresses imaginables.

— Une femme!... dit à son tour l'homme rouge, qui entrevoit ma robe flottant au vent, et incontinent veut aller se réfugier dans une hutte croulante à moitié cachée sous le feuillage, et d'où s'échappe un filet de fumée bleuâtre.

Mais l'abbé Génaville lui parle avec autorité.

— Restez, mon ami; cette jeune fille ne vous trahira pas, elle est étrangère

4

au pays et a reçu de l'éducation ; je la connais...

Je m'approche aussitôt, rose, ou plutôt rouge comme le coquelicot des blés, et dis avec modestie :

— Messieurs, j'ai l'honneur de vous saluer... Je vois que je suis fort indiscrète, mais c'est sans le vouloir...

— Fille d'Eve !... se contente de me répondre le bon abbé, avec un doux sourire...

Règne alors un moment de silence et d'embarras : mais le curé prend à tâche de le faire cesser, et s'adressant au moine rouge, car je remarque seulement alors la coupe monacale du vêtement de notre personnage étrange :

— Nous allons vous quitter, mon ami, lui dit-il. Patience jusqu'à notre première entrevue... Ne craignez rien de Mademoiselle... Si elle a maintenant mon secret, j'ai, moi, pour garantie de son silence... la

délicatesse de ses sentiments... Donc, patience et à bientôt... Toi, mon brave Tomy,
ajoute-t-il, en caressant le chien dont le
regard intelligent lui parle, sois toujours
le fidèle et généreux compagnon de ton
maître...

Se tournant ensuite vers moi, pendant
que le moine, quelques livres et des pa-
piers sous le bras, que vient de lui ap-
porter le père Hutinet, après avoir serré la
main du prêtre et du paysan, et m'avoir
saluée avec la grâce d'un homme du monde, retourne à sa chaumière délabrée, me
dit :

— Mettez-vous en selle, mademoiselle
Camille, car il se fait tard et je vous blâme
fort de vous être attardée dans cette solitude et aussi loin de Pressigny : le désir,
l'amour du savoir vous rend imprudente...
Heureusement Hutinet retourne au village
avec vous, et il sera nuit close et noire
quand il rentrera chez lui. Pour moi, je

vais gagner la route que vous voyez sur
notre droite, et prendre là, au passage, la
diligence qui conduit à Langres, où j'ai
affaire demain pour une cérémonie reli-
gieuse. Ne dites pas à ma mère que vous
m'avez trouvé au camp des Païens, et que
mon secret devienne le vôtre, je le confie
à votre sagesse... Adieu, à demain soir...

Le digne prêtre serra la main du père
Hutinet, lui dit quelques mots à l'oreille,
et descendit aussitôt par un chemin en
lacets, d'où peu après je l'aperçus dans la
plaine, arpentant le sol à grands pas, et
gagnant la route bordée d'arbres, qu'il
m'avait désignée. Au loin, dans des flots
de poussière, arrivait rapidement un lourd
véhicule : c'était la diligence qui allait emporter notre voyageur.

Après avoir traversé dans toute sa longueur le camp des Païens et alors que nous
descendions la voie romaine, le père Hutinet, qui marchait à côté de Manon, me re-

garda avec un sourire, et me dit dans le langage pittoresque que vous savez :

— Le démon de la curiosité vous a piquée, ma jolie Parisienne, et il ne tiendrait qu'à moi de vous laisser au beau milieu du roman sans vous en dire le commencement et sans vous en apprendre la fin ; mais monsieur le curé ne veut pas que je sois si cruel, et comme il compte beaucoup sur votre discrétion, il m'a soufflé tout-à-l'heure de vous raconter l'histoire du moine rouge, parce qu'il dit que vous pouvez en tirer un enseignement... Mais en échange de notre confidence, il exige que je vous demande la promesse du silence le plus absolu sur ce que vous avez vu et sur ce que je vais vous raconter, pendant au moins dix ans... C'est bien long, n'est-ce pas?...

— Devant Dieu, et en face de sa belle nature, m'écriai-je, je jure de me taire sur cette aventure du camp romain de Pressi-

gny, et sur votre moine rouge, pendant
les dix années que vous fixez...

J'avais bien raison d'invoquer la belle
nature. Le soleil se couchait derrière les
montagnes qui donnent naissance à la rivière de Marne, dont les sources caver-
neuses cachèrent pendant neuf ans la gracieuse Eponine et le généreux Sabinus,
deux jeunes Gaulois dont vous n'avez pas
été sans lire la touchante histoire et la fin
cruelle sur les arènes du Colysée de Rome. .

La vaste plaine qui nous séparait de ces
montagnes, dont les ondulations se dessinaient sur un ciel en feu, se déployait
sous l'aspect d'une mer azurée où quelques
points blancs figuraient les voiles. Les cimes les moins élevées s'éteignaient les
unes après les autres, et, comme un pê-
cheur qui fuit devant la marée montante,
la lumière sautillait de crête en crête, en
rétrogradant vers les plus hautes aspérités
pour échapper à l'ombre qui s'avançait du

fond des vallées, noyant tout de ses lames bleuâtres. Le dernier rayon qui s'arrêta sur les hautes tours qui couronnaient le plateau occupé par la ville aérienne de Langres hésita un instant; puis, après avoir incendié la masse architecturale, ouvrant ses ailes d'or, il s'envola comme un oiseau de feu et disparut dans les abîmes du ciel... La nuit était venue.

— Cela se passait il y a... cinquante ans... continua le père Hutinet.

C'était au printemps, et alors régnait le grand Napoléon.

Quand cette jolie saison commence à étendre sous les pieds de l'homme son beau tapis vert et à le clouer avec des rayons d'or, dans votre Paris, mademoiselle Camille, on s'en va dans les bois. Les élégants, les opulents, les gens à équipages et à domestiques poudrés et garnis de fourrures se rendent au bois de Boulogne. Les gens du petit commerce, les artisans,

les ouvriers courent au bois de Vincennes.
On y trouve de part et d'autre des souvenirs et du soleil. Ici, l'allée de la reine Mar-
guerite, là le chêne sous lequel saint
Louis rendait la justice. En mille endroits,
des arbres bicentenaires qui en savent
long sur tous les règnes et qui en dégoi-
seraient plus que tous vos fameux fabri-
cants d'histoires; et alors on cause, on rit
autour de la mare d'Auteuil, du Pré Cate-
lan, de la Butte au cèdre, du gigantesque
donjon du tir National ou du kiosque de
Gravelle.

Chez nous, gens des champs, au fond de
nos provinces, quand avril fait exhaler les
premiers parfums du *renouveau*, nous
aussi nous allons dans les bois, le long
des grandes allées de peupliers, parmi les
guérets, mais ce n'est pas pour y cueillir
les mousses, les mauves et les violettes,
c'est pour ouvrir le sein de la terre et y
préparer par un long et dur travail les

moissons et les récoltes qui doivent nous donner du pain, et... à vous aussi, habitants des villes, car si nous ne travaillions pas, vous n'auriez pas de quoi manger non plus, savez-vous ?...

— Mais où en voulez-vous donc venir ? dis-je au vieux soldat, en l'interrompant. Vous m'annoncez un drame, et vous me contez une idylle ou une pastorale.

Le brave Hutinet ne broncha pas pour si peu, mais il continua avec un imperturbable sang-froid :

— Donc, il y a cinquante ans, un homme, un grand savant de la ville que vous voyez huchée là-bas, sur la montagne, Langres, une ville antique, s'il en fut, celle-là, Mademoiselle, sachez-le, vous qui aimez tant les vieilleries, et vous y verriez avec grand plaisir des arcs de triomphe, des pylônes, de très vieux débris de monuments romains, car César, qui a fait le camp que nous quittons, habita quelque temps cette ville et il en parle dans ses *Commentaires*, d'après monsieur le curé; eh bien! un grand savant de Langres, au printemps que j'ai dit, vint un jour dans les bois qui commencent où vous nous avez trouvés tout-à-l'heure avec le moine rouge, pour y herboriser, à ce qu'on appelle, c'est-à-dire pour y chercher, recueillir, étudier et collectionner les plantes qui peuvent être utiles à l'homme. Une fois en pleine forêt, notre amateur de simples, qui était un médecin très couru dans la ville et qui voulait en qualité de botaniste rendre service à l'humanité en faisant des découvertes, après un léger repas sous un arbre, ayant des provisions avec lui, se mit en quête de ses végétaux; et, comme on ne les trouve pas dans les endroits où la foule a passé, le voilà qui s'enfonce dans les clairières, écarte les mille feuilles sèches qui jonchent encore les gazons, chasse l'araignée qui a tendu sa toile en-

tre les buissons, interroge les mousses
que des pas indiscrets n'ont pas encore
profanées, met en fuite les myriades d'insectes microscopiques qui colonisent la
terre reverdie, tourmente dans leur paisible croissance les innombrables pousses
qui s'offrent à ses regards, et enfin classe
comme des joyaux les brindilles, les bour-
geons, les calices et les tiges de fleurs
qui semblent mériter son examen et son
étude.

Notre homme était depuis deux ou trois
heures plongé dans la recherche et la con-
templation de ses herbes, que, vers midi,
alors que soufflait une brise chaude qui
agitait et faisait frissonner les jeunes
branches et les premières feuilles, un bruit
étrange vint frapper ses oreilles. C'étaient
comme des pleurs, de sourds gémisse-
ments, des prières... Il se recueille pour
mieux écouter, et il entend en effet plus
distinctement alors des sanglots étouffés

qui s'échappent d'une poitrine hatelant
mais en même temps une voix rauque
maussade qui gourmande et fait des r
proches. Il se redresse aussitôt, s'avan
à pas de loup, s'approche en marchant s
les mousses, et voici que, dans un épa
fourré de charmilles et de jeunes frênes
aperçoit un campement de bohémiens.

Une tente faite d'une toile rayée
rouge et de gris, attachée aux branch
d'un érable, abritait un corps couché s
des haillons entassés. D'un côté, tro
pieux, écartés par le bas et réunis à le
extrémité supérieure et formant une sor
de crémaillère rustique, soutenaient a
dessus d'un feu à demi éteint une ma
mite pleine d'aliments bizarres et su
pects. De l'autre, une petite voiture
bras, montée sur quatre roues, était cha
gée de hardes et d'objets indescriptible
entassés, enchevêtrés de manière à pr
duire une étrange confusion. Une vici

femme ridée, tannée par tous les vents et tous les soleils, et dont la peau faisait des plis à toutes les jointures, préparait, en grommelant, une boisson inconnue dans une jatte de terre rouge, sans doute pour le malade couché sur les haillons. Auprès du foyer improvisé, se tenait assise sur des touffes de genêts amoncelés une jeune fille, la tête dans les mains, et versant des larmes en geignant d'une façon pitoyable. Le craquement d'une branche sèche sous les pieds du docteur la fit regarder, et il vit alors devant lui une gitana au profil busqué, basanée, cuivrée, ses longs cheveux noirs tombant à flots sur un dos à demi nu, maigre, jeune et osseux, et sur un front couleur de bistre. Mais à travers leurs mèches désordonnées brillèrent aussitôt deux grands yeux faits de nacre et de jais, qui sondèrent d'un vif éclair le hallier derrière lequel se dressait notre savant.

— Un chrétien ! fit la gitana en mau-

vais allemand, en s'adressant à la vieille,
qui, elle aussi, s'approcha vivement, dans
l'attitude d'une hyène.

Se voyant découvert, notre curieux
n'hésita pas à marcher vers ces deux
femmes.

Je vous ai dit que le docteur était savant, mais j'ai oublié de vous apprendre
qu'il était jeune, c'est-à-dire brave. Il
avait tant étudié dans sa jeunesse, qu'il
savait l'allemand, et bien d'autres langues
encore. Il avait compris qu'on le désignait
sous le nom de un chrétien! et, allant
droit au beau milieu du campement, il dit
en français pour s'assurer si ces femmes
savaient cette langue :

— Il y a quelqu'un qui souffre, ici; je
puis lui être utile... Faites-moi voir et
connaître votre malade, peut-être le guérirai-je...

— Quel malheur que Rubner soit en cet
état... fit la vieille gitana, en parlant en-

core en allemand à la jeune fille, ton frère nous aurait enrichis de ses dépouilles, car il a l'air riche, cet homme, et, dans ces bois, pas un œil pour voir!... Mais il gît là, le brigand!... Oh! Thécla, quel malheur!

Le docteur comprit et se tint sur ses gardes. Il avait heureusement un poignard dont il mit le manche à portée de sa main.

Thécla, car vous savez le nom de l'Egyptienne, répondit alors au docteur, à moitié en français, à moitié en italien :

— Oui, mon frère, povero Lillo! a marché trop longtemps, tête nue, au premier soleil du printemps, il y a quatre jours, en traînant notre charrette, et depuis ce moment il a perdu connaissance, et demeure entre vie et mort... Nous l'avons amené ici, à grand'peine, de la route d'en bas...

— De la route de Mulhouse à Paris...

Vous venez d'Allemagne, alors? demanda
le médecin.

— Oui, et nous allions au Hâvre, nous
embarquer pour passer... en Amérique...
fit la vieille bohémienne.

— Peut-on voir votre malade? dit encore le docteur. C'est une insolation, sans
doute... ajouta-t-il, comme se parlant à
lui-même.

— Approchez et jugez... firent les deux
femmes.

Le docteur pénètre sous la tendine de
toile qui sert d'abri au malade, et en sou-
lève les plis épais pour donner un peu
plus d'air, mais afin de laisser pénétrer
un jour plus vif. A un mouvement qui lui
échappe, les bohémiennes peuvent voir
qu'il est effrayé de la physionomie bestiale
qui se montre à lui. En effet, le gitano est
un colosse aux traits durs, à l'épaisse cri-
nière, à la barbe inculte et noire comme
les cheveux. L'ensemble des traits exprime

la brutalité. Ce n'est plus une peau humaine qui relie ce corps d'homme, mais du cuir de Cordoue, tant il est hâlé par 'origine bohême du sujet, ses fatigues et les intempéries des saisons.

— Vrai sacripant!... Digne fils de sa mère!... se dit en lui-même le médecin. J'aime mieux le voir là, à demi mort, que de me trouver face à face avec lui, vivant, dans cette vaste solitude...

Mais malgré l'inimaginable malpropreté qui se produit autour de lui, le docteur dissimule et sa répugnance et l'impression qu'il ressent. Aussi, s'agenouillant sur les 'oripeaux dépenaillés qui tiennent lieu de couverture et de lit au moribond, il lui tâte le pouls, ausculte sa poitrine velue et étudie les pulsations de son cœur, qu'il trouve presque éteintes...

En même temps qu'il agit toutefois, il a l'œil sur les deux femmes, qu'il croit bien capables de l'assommer, afin de le spo-

lier... Néanmoins, comme à son âge on
aime à braver le danger et qu'il y a un
certain charme à courir aventure, il se
propose de ne pas s'éloigner de ce curieux campement et de veiller sur le malade pour observer sa maladie, qui lui semble insolite.

— C'est une léthargie, dit-il aux gitanes...
Elle peut se prolonger longtemps, puisque voilà déjà trois jours qu'elle a com-
mencé. Cet état de sommeil profond offre
l'image de la mort, et lui ressemble tellement que vous pourriez croire cet homme
trépassé, lorsqu'il n'en serait rien. Comme
vous devez tenir à le conserver, je vais
rester près de lui; mais alors, vous, allez
à la ville la plus proche, que vous trou-
verez à une heure d'ici sur cette route,
suivie par vous déjà. Voici un papier, pré-
sentez-vous dans une pharmacie, et rap-
portez ici ce que je demande pour votre
malade...

La vieille bohémienne ne répond pas d'abord : mais il s'échappe de son œil fauve comme un rayon de joie qu'elle dissimule bien vite en rendant à sa face de parchemin l'expression impénétrable d'une froide indifférence. Quant à sa fille, elle reprend à froid, mais avec une énergie nouvelle, les lamentations qu'elle avait interrompues depuis l'arrivée du docteur.

— Il s'agit bien de pleurer, sotte que tu es, lui dit la vieille, en allemand, et en rudoyant Thécla... Mais c'est un bonheur si Lillo reste dans ces bois... Oh ! ce n'est pas moi qui le regretterai ! Il nous a trop frappées, meurtries, insultées, moi, sa mère, et toi, sa sœur, pour que je ressente une douleur à cause de lui... Qu'il meure et qu'il soit abandonné aux vautours...

— Que ferons-nous sans lui, alors?... répond la fille, en cessant de geindre.

— Nous irons tout de même à Paris, imbécile ! En voyant Lillo Rubner avec nous, un homme de cette taille, personne n'aurait eu pitié de nous. On aurait dit : Que l'homme travaille pour nourrir les femmes! En ne voyant que deux pauvres femmes, au contraire, les Parisiens, qui ne sont que des innocents, nous ouvriront leurs bourses. Nous aurons là plus d'un tour à faire, va! Aussi point de tourment pour Lillo Rubner, et qu'il meure!...

— Gentil petit cœur de mère... se dit notre savant, qui cependant ne sourcilla pas.

Alors la bohémienne reprit en mauvais français, mais avec un accent hypocrite qui n'échappa point au médecin :

— Seigneur français, nous partons pour la ville... Dans deux heures nous vous rapporterons ici ce que vous demandez pour mon pauvre enfant.

Puis elle ajouta, en s'adressant à sa fille, et comme si elle lui demandait conseil :

— Pour avoir moins de peine quand Lillo sera guéri, et qu'il ne sera pas encore robuste, si nous emmenions déjà notre chariot, à nous deux, qu'en dis-tu, Thécla ?...

— Emmenons... répondit la fille.

Aussitôt, sans avoir un regard à donner au moribond, les deux femmes allaient s'éloigner incontinent, la mère joyeuse à laisser poindre son bonheur sur son odieux visage, et Thécla n'ayant plus de pleurs aux yeux, ni de larmes dans la voix... Mais le docteur les retint en leur disant :

— Avez-vous de l'argent, femmes ?

— Hélas ! non... J'oubliais d'en faire l'aveu, seigneur français ; nous sommes absolument sans argent...

— Diable ! Et vous songez à vous embarquer pour l'Amérique !

Ce disant, notre homme leur remit une pièce d'or... En échange, il reçut une révérence, dans laquelle perçait l'ironie.

Alors il les vit disparaître dans les fourrés
et les entendit s'éloigner, traînant derrière elles leur immonde carriole. Il crut
même ouïr à distance certains éclats de
rire, et, prêtant une oreille attentive, il put
certainement recueillir ces paroles dites à
la mère par sa fille, peut-être pour recon-
quérir ses bonnes grâces :

— J'avais vu le seigneur français de
loin, dans la clairière, où il cherchait des
plantes, et c'a été pour l'appeler à nous
que j'ai tant gémi et tant pleuré...

Mais il ne put comprendre ce que
répondait la vieille : seulement de nouveaux éclats de rire lui furent apportés
par la brise...

Alors deux heures, trois et quatre heures se passèrent, pendant lesquelles le
docteur, herborisant dans le voisinage du
campement, attendit fort patiemment le
retour des bohémiennes.

Par moments il allait voir le malade,

qu'il trouvait toujours dans la même rigi-
dité cadavérique, son souffle ne ternissant
pas la glace minuscule qu'on lui opposait,
la chaleur de sa peau étant nulle et son
pouls à peu près insensible.

Bientôt le soleil descendit derrière les
grands arbres et l'ombre envahit peu à
peu les futaies ; puis l'obscurité plana sur
le bois.

— Diable ! fit le docteur, qui se prit
alors à réfléchir, ces femmes, qui ont em-
mené leur carriole, pour la laisser au Fays-
Billot, sous le pretexte d'en épargner la
peine à cet homme quand il sera guéri, et
qui sont parties si prestement, allègres à
ce point qu'elles riaient aux éclats, au-
raient-elles eu par hasard l'intention d'a-
bandonner leur misérable compagnon,
dont elles se plaignaient si fort, de ne pas
revenir et de me laisser faire le pied de
grue, en les attendant sous l'orme, auprès
de ce galetas ? « Le seigneur français ne

pourra quitter un malade entre la vie et
la mort, sa délicatesse d'homme et de médecin, le lui défendra!... » se seront-elles dit
dans leur gros bon sens. En conséquence il
ne pourra ni nous poursuivre ni nous faire
poursuivre... Nous aurons tout le temps
de gagner une avance énorme sur la piste
qu'il nous plaira de choisir, et, pour mieux
l'éventer, nous ne voyagerons que de nuit,
nous cachant de jour dans les bois... Quel
bonheur! nous serons ainsi débarrassés à
tout jamais du drôle qui nous faisait la
vie si dure et dont les coups sur nos épaules étaient si drus et si lourds... Aussi me
voilà joli garçon, moi, avec ce gaillard à
veiller, dans une forêt, sous une tente de
cette sorte, et sans les réactifs les plus in-
dispensables à employer pour le rappeler
à la vie! Docteur, mon ami, tu t'es mis
dans une étrange position, et tu peux voir,
mais un peu tard, soit dit sans jeu de
mots, que tu as fait une fière gaucherie...

Laisse-toi donc séduire par l'amour de la science et va courir les bois pour y recueillir des simples. Tu es bien le premier de ces simples, toi ! Encore suis-je heureux d'avoir eu l'idée d'emporter quelques provisions dans mon carnier... Et puis, j'ai mon manteau, dont j'ai eu soin de me munir ce matin, à cause du froid qui se faisait sentir à Langres, et en prévision de la fraîcheur de la soirée. Bon pour une nuit! c'est une aventure comme une autre, et on n'en meurt pas pour si peu... Grâce à Dieu! je ne suis pas marié, sans cela quelle inquiétude pour ma pauvre femme ! Mais, demain... si ces mégères ne reviennent pas ?... C'est que la coquine de mère me semble avoir taillé son cœur dans un bloc de grès !... Enfin, montons la garde cette nuit, et attendons ! A chaque jour suffit sa peine...

Pendant ce monologue du savant médecin, la nuit était tout-à-fait tombée, tout

comme à présent, mademoiselle Camille.
Aussi notre ami commença-t-il son œuvre
de veille par ramasser dans les taillis
quantité de branches sèches tombées du
faîte des grands arbres, et il en chargea
le foyer des bohémiens, qui allait s'étei-
gnant. Il le raviva de son souffle ; et bientôt, après avoir lancé au ciel d'épaisses
spirales de fumée jaune, une flamme claire
et pétillante jaillit du monceau de bois
mort, et éclaira de ses reflets rougeâtres la
tente, le malade au visage barbu, les
troncs d'arbres et la coupole du bois qui
couvrait cette scène nocturne de ses feuil-
lages naissants. Lillo Rubner, que le docteur examina, était toujours dans le même
état de léthargie.

— Mangeons... fit le docteur.

Et s'emparant de son carnier qu'il avait
suspendu à un bouleau, il en sortit quelques reliefs de jambon, une aile de poulet,
une gourde dont le glouglou annonça

qu'elle était à peu près pleine, des fruits
secs et du pain. Mais, avant de manger,
le docteur enleva la marmite attachée au
trépied et dont le bouillonnement de vian-
des inconnues lui soulevait le cœur, et il
alla la porter à l'écart, dans un fourré.

Son repas mis à fin, il s'enveloppa de
son manteau et se prit à marcher à pas
lents, dans la zone de lumière, afin de fa-
ciliter l'essor de ses réflexions.

Il eût été digne du pinceau de Goya ou
de Salvator Rosa de représenter cet homme
vivement éclairé par la lumière du foyer,
et dont l'ombre fantastique faisait l'effet
d'un mauvais génie parodiant tous ses
gestes en s'agitant sur les mousses, alors
qu'il allait et venait, comme un fantôme,
auprès de ce lit mortuaire, au milieu de
cette lande de la forêt, que le foyer faisait
flamboyer de reflets sinistres. On eût dit
un criminel se dressant sous l'étreinte poi-

gnante des remords et luttant dans sa pensée avec l'image d'un grand crime...

Au moment de ses plus profondes mé-
ditations, le docteur crut avoir entendu un
bruit et prêta l'oreille. C'était une horloge
de village qui, dans le lointain, venait
d'annoncer l'heure par un tintement, et,
en effet, il put compter neuf heures.

— Neuf heures seulement! murmura-
t-il.

Mais il reprit immédiatement le cours
de ses idées, et dix heures, puis onze heures sonnèrent successivement sans qu'il y
prît garde.

Minuit retentit à son tour. Cette fois le
penseur compta tous les coups du bour-
don et se dit à mi-voix :

— Un peu de patience, la nuit s'écoule,
et dans peu je verrai l'aube se dessiner à
l'orient. Courage donc!

Et il alla s'étendre de tout son long entre le foyer, qu'il couvrit de nouvelles ra-

mées, et la tente où gisait le malade, de manière à le voir sans effort. Puis, appuyé sur le coude, il continua, se parlant à lui-même :

— Où en étais-je donc ?... Ah! naît alors, à Bruxelles, en 1514, André Vesale, regardé à bon droit comme le créateur de l'anatomie humaine. En effet, surmontant les dégoûts des recherches anatomiques et bravant les préventions de l'époque, il fut un des premiers à disséquer les cadavres... Mais ce que je lui envie le plus, c'est d'avoir ouvert un... corps vivant... Oh! voilà mon rêve à moi! Oui, comme lui, je voudrais aussi placer là sous mes yeux, ouvrir lentement un corps ayant vie, afin d'y surprendre les secrets de l'existence, et d'y étudier la marche et les progrès de la mort... Quels services alors on pourrait rendre à l'humanité! Que de lumières on acquerrait par cet examen circonstancié, par cette observation froide

et patiente des phénomènes de la vie en
lutte avec la mort!... Il est vrai que André Vesale fut alors contraint de faire un
pèlerinage en Terre-Sainte pour l'expiation de son crime, et que, à son retour, il
fut jeté par une tempête sur les côtes de
l'ile de Zante, où il mourut de faim... Eh
bien! qu'à cela ne tienne! L'étude des arcanes de la vie mérite bien qu'on souffre
quelque chose, et pour un homme tué, on
en sauve cent mille! Quelle gloire, décou-
vrir la vie dans son germe pour l'arracher
à la mort!... Oui, voilà ce que je voudrais
faire... Mais, dans nos villes de province,
il est si difficile d'arriver à s'emparer d'un
corps vivant, pour le coucher sur un mar-
bre et...

— Grand Dieu! soutenez-moi... Venez
à mon aide... reprit tout-à-coup, après un
moment de silence, le savant médecin, qui,
se relevant soudain, se prit à marcher,
comme s'il était piqué par un serpent, et

sembla vouloir échapper à une horrible vision... Quelle tentation, quelle étrange
pensée m'envoie le démon, votre ennemi
et le mien!... Faites que je la chasse, que
je la subjugue, que j'en triomphe, Seigneur!... Car, c'est vrai, voici, précisé-
ment là, à moi, tout à moi, dans le silence, dans la solitude de ces bois, éloignés de toute demeure, voici un cadavre...
inerte, qui ne sentira... rien; chaud et vivant pourtant, oui, voici le... corps vivant... que je souhaite! Cet homme est un
criminel, puisqu'il frappe sa mère!... Il
est inconnu de tous... Personne ne le ré-
clamera jamais!... Le hasard me le livre,
me l'offre, me le donne... pour que je m'en
serve à ma guise... Je puis, sans contrôle,
en faire ce que je voudrai...

Quel calme, quelle facilité pour l'étudier, pour l'observer, là, sans témoins, ouvert, ses viscères à nu... Comme il serait
bon de s'instruire de la sorte, et, qui sait?

de devenir ainsi, peut-être, le... sauveur de
l'humanité...

— Vous m'effrayez, père Hutinet... Je
commence à avoir peur... Que devez-vous
donc m'apprendre?... m'écriai-je, éperdue,
car l'obscurité du chemin que nous sui-
vions ajoutait alors à mon effroi.

— Je m'en tiendrai là, si vous voulez,
mademoiselle Camille, me répondit le
vieux paysan.

— Mais, est-ce que cet homme a fait
sur le bohémien les expériences qu'il mé-
ditait?... demandai-je vivement, en re-
foulant ma terreur, pour satisfaire ma curiosité...

— Pendant six heures entières, c'est-à-
dire de minuit à six heures du matin, le
pauvre fou, car le désir de connaître, notez
bien ceci, mademoiselle Camille, un trop
vif désir de s'instruire et l'illusion dans
laquelle le plongea la pensée de rendre
service à l'humanité le rendaient fou; pen-

dant six heures notre fou lutta contre
l'obsession de cette tentation fatale...
Mais enfin, vaincu, ne se possédant plus,
en proie au vertige, illuminé par une fiè-
vre brûlante, dans un transport subit il
ouvrit la trousse qu'un médecin porte toujours sur soi, il en tira un bistouri frais
émoulu, puis, égaré par le délire, il s'approcha résolûment de sa victime, et soule-
vant les plis de la tente dans tout le pour-
tour du grabat portant le gitano, il se
baissa sur lui...

Soit l'air vif du matin, soit une impression mystérieuse et intime que la nature
inspire secrètement à ceux qui courent un
grand danger, en ce moment même Lillo
Rubner fit un mouvement imperceptible...
Ses paupières s'agitèrent; il y eut comme
un frisson qui lui passa sur la face; sa
poitrine parut se soulever; ses lèvres
remuèrent; mais la parole expira dans un
vain effort... La léthargie reprit inconti-

nent sa proie, et le malade s'affaissa de nouveau dans une catalepsie complète et absolue...

Aussitôt, dans les flots de lumière qui tombaient du ciel en plein sur le corps du gitano, le docteur...

— Assez! assez! dis-je impérativement, en étendant le bras droit du côté de mon compagnon, et en me voilant de l'autre main le visage, pour en écarter la rouge vision qui passait sous mes yeux, ne m'en dites pas davantage... Je comprends trop bien ce qui a dû se passer... Mais c'est horrible ce qu'a fait là votre savant... Hélas! qu'il ait ou non réussi dans ses expériences homicides, dans cette atroce et abominable vivisection, comme on dit de notre temps, la mort n'en est pas moins la souveraine maîtresse du monde, et votre docteur n'a pas empêché son glaive formidable de s'abattre sur les plus belles, les plus jeunes et les plus hautes têtes humai-

nes pour les faucher impitoyablement et
en faire son éternelle moisson...

— Je vous fais grâce du tableau de
meurtre et de sang, de la lente et funèbre
agonie dont le médecin fut l'impassible et
cruel bourreau, mademoiselle Camille,
reprit Hutinot... Mais je dois cependant
vous montrer comme quoi tout crime n'est
jamais caché, et comment toujours et par-
tout il a son expiation...

Le jour ne refusa pas d'éclairer l'œuvre
sanguinaire du savant. Les oiseaux des
bocages eux-mêmes sautillaient de branche en branche, autour de l'amphithéâtre
improvisé, sans être par trop émus du
spectacle étrange qui leur était offert, et
jacassant leurs timides impressions dans
leur langage mystique. Mais du reste la
forêt demeurait silencieuse comme toujours. Vint midi, dardant ses plus chauds
rayons printaniers : le terrible opérateur
était toujours là, en face du cadavre, seul

avec les grillons, les coléoptères au corsage d'or, les papillons de toutes couleurs, et les mille insectes des bois.

Tout-à-coup deux ombres se projetèrent sur la nappe d'or que le soleil tendait sur la lande, pour le plus grand bonheur des hôtes de chaque taillis, picorant sur les mousses et les lichens.

Le docteur, plongé dans ses observations, ne les vit pas.

Après les ombres vinrent les corps foulant aux pieds le vert et moelleux tapis de la forêt embaumée.

Le docteur ne les entendit pas non plus.

C'étaient deux jeunes époux, amoureux de la belle nature, venus tout exprès pour jouir de la solitude, des oiseaux et des fleurs.

Le jeune homme était brun de teint, haut de taille, doux de regard. La jeune femme était blonde. Ses magnifiques che-

veux, couleur d'ambre, bouclés à la mode
du jour sur le devant de sa tête mignonne,
donnaient à son visage la plus gracieuse
expression. Sa casaque de velours, ajus-
tée, trahissait les perfections d'une taille
délicieuse. Certes! si le prince Charmant
eût suivi la trace de ses pas sur le sol hu-
mide de la clairière, il eût pu croire que
Cendrillon était passée par là...

Une des mains de la jeune femme tenait
le bras de son mari; l'autre était remplie
de violettes. Ils semblaient l'un et l'autre
si parfaitement d'accord, que leurs cœurs
devaient battre à l'unisson. Mais il passe
des nuages sur les cieux les plus azurés.
On se querella pour une nouvelle violette
aperçue à terre par l'un avant l'autre; le
jeune homme protesta, la jeune femme se
fâcha : il s'éleva une tempête sur ce fleuve
de Tendre... Irritée, la belle jeta ses fleurs
au vent et s'éloigna seule... En vain les
petites pâquerettes qui semblaient des

6

étoiles tombées sur le gazon paraissaient
lui dire, au fur et à mesure qu'elle marchait :

— Pourquoi vas-tu ainsi seulette, quand
la saison est à la joie et au bonheur?...

Elle cheminait encore quand, soudain,
levant les yeux, elle voit... la boucherie
humaine du malheureux fou de science...

Figurez-vous, si c'est possible, mademoiselle Camille, la scène d'épouvante
dont nos jeunes gens furent le funèbre
jouet!... Quels cris d'horreur!... quel effroi!... quelle indicible et infernale vision !

Ils s'enfuirent au plus vite...

Mais, deux heures après, arrivait la ma-
réchaussée au train le plus rapide de ses
coursiers...

Notre savant, cloué sur le sol par le sai-
sissement, et d'ailleurs comprenant le sort
que lui réservait sa criminelle curiosité,
avait tout au plus pris le temps d'inhumer

sa victime, pour dérober à tous les regards l'état dans lequel il l'avait mise...

Il fut saisi, conduit, entraîné dans la
plus noire des prisons, jugé, condamné à
mort...

Toutefois, comme Napoléon, qui régnait
alors, vit une circonstance atténuante dans
l'amour de la science qui avait aveuglé le
coupable, il commua la peine de mort en
un exil perpétuel...

Notre docteur dut quitter la France,
et, depuis, on n'en a plus jamais entendu
parler...

Hutinet et moi, pendant quelques minutes, nous restâmes plongés dans un profond silence. Puis, mille réflexions se
pressant dans mon esprit, je dis au vieux
sergent :

— Comment donc avez-vous pu connaître tous les détails de ce drame d'une façon aussi précise, tellement circonstan-
ciée?...

— Vous ne devinez donc pas, mademoiselle Camille, vous qui avez tant de péné-
tration ?

— En vérité, non.

— C'est que c'est le docteur lui-même
qui me les a racontés, vingt fois, le remords dans l'âme, le deuil dans le cœur et
les larmes, oh! toutes les larmes de son
corps aux yeux...

— Est-il donc revenu? Vous le connaissez alors? Le voyez-vous quelquefois?...

— L'exil, loin de sa patrie, lui était
trop pénible... Il a profité des révolutions
qui se sont faites en France, pour y revenir, et, sans y rentrer jamais, du haut du
camp des Païens, il peut contempler la
ville qui lui a donné le jour, et où les
siens reposent...

— Mais... alors... ajoutai-je, tout émue.

— Mais alors?... demanda le père Hutinet.

— Cet homme, ce savant, ce docteur, cet assassin, c'est... le moine rouge?...

— Vous l'avez dit... Jugez quelle terreur est répandue sur le lieu qui fut le témoin de cet événement! On croit que le moine rouge est l'âme errante de la pauvre victime!...

— Quoi! c'est cet homme que j'ai vu...

. — Oui, chrétien converti, plus que chrétien, véritable pénitent, tout à ses remords et à sa douleur, il expie sa faute sur le lieu même qui en fut le théâtre... Sa maisonnette est élevée par lui sur l'endroit précis où a souffert et est enterré le gitano Lillo Rubner...

— Et il s'habille de rouge pour éloigner par la peur les paysans du voisinage?

— Non; mais en s'habillant de rouge il a voulu, par expiation toujours, porter les tristes couleurs de sa sanglante victime!

Et, comme cette robe rouge effraie en

effet les gens du pays et assure la paix de la pénitence qu'il s'est imposée, monsieur le curé, qui vient secrètement lui dire la messe et lui donner les sacrements dans une chapelle qu'il s'est faite au fond d'une caverne ignorée de tous, et moi, qui, non moins secrètement, et dans la nuit la plus sombre de chaque semaine, lui apporte ses provisions, nous lui avons donné le conseil de ne jamais quitter le vêtement qui protège sa solitude. C'est ce qui donne une réputation si terrible au camp des Païens...

— Voilà donc le secret de monsieur le curé!... Je ne le trahirai jamais, croyez-le bien... dis-je en poussant un profond soupir, et en mettant pied à terre à la porte du presbytère de Pressigny, où nous arrivions en ce moment...

LA

PETITE FILLE CHARITABLE.

Lucie était la fille d'un vannier; ses parents étaient des gens pieux et amis du travail, mais peu fortunés.

Un jour on leur dit qu'un des anciens habitants du village, qui avait longtemps servi comme soldat, revenait au pays malade et avec une jambe de bois.

— Que pourrons-nous faire pour ce pauvre homme? disait le mari à la femme; le commerce ne va pas bien et j'ai grand'-peine à gagner ce qu'il nous faut pour vivre.

— Mon ami, répondit la femme, nous ferons de notre mieux.

Lucie entendit cette conversation; elle vint auprès de ses parents et leur dit :

— Mes chers parents, si vous me le permettez, ce sera moi qui secourrai le pauvre invalide; et elle expliqua ce qu'elle comptait faire.

— Ce sera bien, ma fille, reprit son père, et il en coûtera moins à la fierté d'un ancien soldat d'être aidé par un enfant que de l'être par tout autre.

Le lendemain, Lucie alla trouver l'invalide et le pria d'accepter une petite pièce de monnaie. Le surlendemain, elle trouva en outre le temps de mettre sa chambre en ordre. Après qu'elle fut allée le visiter ainsi pendant quinze jours, le brave soldat lui dit :

—Mon enfant, je suis bien reconnaissant de ce que vous faites pour moi, mais comment pouvez-vous me secourir? je viens d'apprendre que vos parents ne sont pas beaucoup plus riches que moi. Comment vous procurez-vous cet argent que vous me donnez ? Votre bienfaisance ne vous à-t-elle pas fait commettre quelque faute ? Songez que j'aimerais mieux mourir de faim que de recevoir un sou qui ne fût légitimement acquis.

— Cessez de vous inquiéter, lui répondit Lucie : l'argent que je vous donne est le fruit de mon travail, et mes parents savent bien que j'en dispose en votre faveur. Alors elle lui dit ce qui s'était passé chez son père, et elle ajouta :

— Autrefois je partais tous les matins à huit heures pour aller à l'école de la ville, qui est à une demi-lieue d'ici. Depuis que vous êtes de retour je me lève deux heures plus tôt, je fais un petit panier d'osier, et en traversant le bois qui est sur mon chemin je me mets à chercher des fraises ; quand mon panier est rempli, je vais le porter à une fruitière, et l'argent que je vous apporte est le prix qu'elle me le paie.

Le soldat, en entendant ce récit, avait les yeux mouillés de larmes.

— O ma chère enfant ! s'écria-t-il, je te dois bien plus que je ne le pensais ; je croyais que pour me soulager tu te privais de ce que te donnait ta famille, d'un argent destiné à acheter quelque bagatelle, à satisfaire quelque fantaisie ; et maintenant, je vois que pour me le donner il faut que tu le gagnes toi-même par ton travail ; Dieu te bénira et te récompensera, ainsi que tes parents.

Le lendemain, l'on vit arriver dans le village un général, qui à l'auberge entendit parler du vieux soldat. Il alla le voir, et le reconnut pour un brave qui lui avait sauvé la vie. Il s'informa de ses moyens d'existence, et apprit que sans le secours de la petite fille, son sauveur serait peut-être mort de faim.

— Mon brave, dit le général, tu n'auras plus besoin des secours de personne ; je te ferai une pension qui te mettra dans l'aisance. Mais, en attendant, la petite fille a payé ma dette; où est-elle? il faut que je lui témoigne combien j'admire la bonté de son cœur.

A peine achevait-il ces mots, que Lucie entra tenant à la main la pièce de dix sous qu'elle avait reçue pour ses fraises. Le général la pria de le conduire chez ses parents. Quand il fut auprès d'eux, il leur dit :

— Voilà quinze jours que votre fille Lucie donne tous les matins une pièce d'argent à votre voisin le soldat; comme je suis son trésorier, je viens vous rembourser.

En même temps il remit dans les mains du père étonné quinze pièces d'or. Celui-ci ne voulut pas les recevoir, mais le général exigea qu'il les conservât pour sa fille : car, dit-il, celle qui fait si bon usage de son argent ne doit pas en manquer. Puis, se tournant vers elle, il ajouta :

— Continuez à être bonne et charitable, vous aurez en moi un protecteur affectionné.

Le général, qui demeurait dans un château des environs, ne manqua pas à sa promesse, et fit par son appui le bonheur de Lucie et de sa famille.

FIN.

Limoges. — Imp. EUGÈNE ARDANT et Cⁱᵉ.